어떤 문장은 집이 된다

필
지
음

FOREST
WHALE

작가 필

건축을 가르치는 10년 차 교사이다. 그의 시선은 늘 공간의 본질에서 시작해 그 안에 사는 사람의 삶과 이야기로 확장되었다. 교실에서 공간을 어떻게 만들어갈지 이야기하지만, 그의 관심은 늘 그 공간을 채우는 조용하고 진솔한 이야기에 더 깊이 머물러 있었다.

대학 4학년, 모두가 안정된 취업의 청사진을 그릴 때, 자전거 한 대 위에 모든 짐과 불안을 싣고 2,500km 대한민국 무전여행을 떠났다. 이후 24개국 17,000km를 달리며 길 위에서 고독과 사유를 온몸으로 견뎌냈다. 건축가처럼 건물을 짓기 전, 길 위에서의 노고를 통해 나 자신을 먼저 단단하게 지탱하는 내면의 구조를 깨달은 것이다.

첫 책『왜 말을 그렇게 해?』를 통해 관계 속, 마음의 구조를 탐색했으며, 이번 책『어떤 문장은 집이 된다』에서는 건축에서의 섬세한 시선과 여행자의 깊은 호흡으로 가장 익숙한 공간의 감정의 결을 붙잡아 보려 한다.

목 차

1장. 현관

2장. 거실

가장 아름다운 인테리어

우리가 사는 집이라는 공간은 눈에 보이는 가구와 화려한 벽지로 완성되지 않는다. 문득 시선이 닿는 문고리에 걸린 빛바랜 에코백, 침대 곁을 은은하게 밝히는 작은 램프처럼 그 안을 채우는 사소한 사물의 조각들 속에 우리의 일상과 진솔한 이야기가 숨어 있다.

인테리어는 단순히 물건을 배열하는 행위가 아니라, 곧 나 자신을 들여다보는 거울과 같다. 물건들은 우리의 취향, 우리가 지나온 시간, 그리고 마음속 깊이 품고 있는 감정의 결을 조용히 반영한다.

이 책은 물건과 공간을 둘러싼 이야기들이 우리 삶을 어떻게 풍요롭게 만들었는지 그 감정의 무늬를 더듬어보려 한다.

그 감정의 결을 가만히 따라가다 보니 명확해지는 것이 하나 있었다. 진정 내가 고민한 지점은 '무엇으로 채울 것인가'가 아니라, 오히려 '나에게 불필요한 것들을 어떻게 덜어내고, 흔들리는 마음의 중심을 어떻게 잡을 것인가'에 있었다.

아무리 근사한 공간이라도 그 안에 머무는 사람의 삶이 어지럽다면 진정한 안식처가 될 수 없기 때문이다. 화려한 장식보다 중요한 것은 내면의 질서임을 깨달았다. 결국 가장 아름다운 인테리어는 잘 정돈된 나의 삶 그 자체라는 믿음을 전한다.

이 믿음을 확인하기 위해 시선은 자연스레 밖이 아닌 안으로, 거창한 건축물이 아닌 가장 익숙한 나의 방으로 향했다. 그리고 그곳에서 '우리가 어떻게 살아가고 있는가'를 기록해 시집의 형태로 엮었다.

모든 글은 열 개의 문장으로만 지어져 흩어지기 쉬운 삶의 흔적을 짧고 명료한 언어로 붙잡아 보려 한다.

1장. 현관

01. 현관

현관은 출발과 준비의 장소이자
하루를 마치고 돌아와 무겁게,
또는 시원하게
숨 한 번 내려 쉬는 공간이다.

세상 밖으로 나갈 땐 마음가짐을 다지는 장소이자
일상에서의 고단함은 잠시 내려놓고
편안한 휴식이 시작되는 곳.

세상 밖으로 나가기 한 걸음 전.

세상 밖에서 들어온 한 걸음 후.

인생에도 현관이 필요하다.

인생에서의 현관은
세상의 소란함과 내면의 고요가 만나는

마음의 문턱이다.

세상과의 경계를 넘나드는 순간마다
조금 더 깊어지고
조금 더 단단해지며
조금 더 인간다워진다.

그러므로 주저하지 말고 용기 내어
저벅저벅 걸어가 또다시 문을 열자.

가장 단단한 삶의 설계는
언제나 이 문턱을 넘어서는 한 걸음에서 시작된다.

두려움이라는 짐은 현관에 두고
가장 나다운 나를 만나러 가자.

02. 문

문을 열자 따스함이 느껴진다.

집에 들어가는 건 나인데
온기가 되려 나에게 들어온다.

한정된 공간은
문을 여닫음에 따라 딱 그만큼에서
헤아릴 수 없을 만큼 넓어진다.

관계에도 문이 있다.

마음의 문.

열린 문처럼 마음껏 대할 것인가,
아니면 닫고 시작할 것인가.

환경에 따라 능동적 관계를 지향하던 내가

이제는 수동적이 되었다.

지난 1월 말,
친구의 죽음으로부터 시작된 나의 여정이
오늘의 나로 이끌었다.

밝음의 상황을 찾아다니며 물들이던 내가
이제 그럴법한 상황은 의도적으로 피한다.

문을 여는 용기는
내가 다시 부려야 할 태도이거나,
계속 고요하거나,
선택은 능동적으로.

03. 손잡이

건물의 존재 이유는
사람이 활용하기 위함이다.

그래서 어떤 건물이든
사람이 드나들 수 있는 문은 존재한다.

문에는 항상
그 문을 열기 위한 손잡이가 있다.

여닫는 모든 문에는 손잡이가 있다.

대문, 화장실 문, 수납장 문, 창문 등등.

영화에서 은행털이범이
청진기를 대고 미세한 소리를 듣는 금고에도
손잡이는 있다.

하지만 앞뒤로 당기고 밀어도 열리지 않는 문이 있다.

미닫이문.

아무리 큰 건물의, 아무리 큰 문이라도
손잡이만 있으면 열리지만
여는 방식 자체가 다르면
그 문은 열 수 없다.

그러므로 방향성이 같아야 한다.

04. 열쇠

톡 하고 부러졌다.

맞는 줄 알고 기어이 밀어 넣고,
안 열리는 짜증 남에
억지로 흔들어대다 이렇게 됐다.

안 맞을 리가 없다는 생각은
딱 내 생각이었다.

애초에 다른 열쇠였다.

오늘의 짜증을 여기에 풀다
이 사달이 났다.

요새 잘 먹었는지 힘도 좋다.

짜증이 크게 났거나.

벌인 일은 많고 버벅거리면 늦는다.

이럴 때일수록 기회의 열쇠를 놓치지 않게
심호흡 후-하.

긍정의 마음으로
후-하.

05. 신발

러닝이 유행인 요즘 SNS 여기저기
러닝 크루에 대한 이야기들이 많이 보인다.

전문가는
부상 예방과 퍼포먼스 향상, 편한 러닝을 위해
좋은 신발은 필수라 한다.

그럼 좋은 신발이란 무엇일까?

영화 '1947 보스톤'은
광복 후 처음으로 태극기를 달고
국제 대회에 출전한 마라토너의 이야기를 그렸다.

극 중 주인공 서윤복은
자신의 다 떨어진 구멍 난 신발로
20km를 1시간 12분 24초에 들어오며
남다른 실력을 증명한다.

비싼 신발이 좋은 신발이 아니라,
내 발에 맞는 신발이 좋은 신발이다.

지면에 콩콩 발을 굴러도 보고
자주 신어 보아도
알맞게 길이 나지 않는다면
그것은 내게 맞지 않는 신발이다.

인생도 마찬가지다.

지향점과 가치관이 일치하는 나만의 길을 찾아야
편하게 오래 걸을 수 있다.

빠르지는 않더라도 천천히 꾸준히 말이다.

06. 신발장

자전거 여행을 떠날 때
내가 가져가는 모든 아이템은
꼭 필요한 최소한의 것들이다.

가져갈지 말지 두 번 고민하면
그 자체가 리스트에서 지워져야 할 충분한 이유이며
1g이라도 아끼기 위해 고심한다.

그중 중요하게 생각하는 것이 옷과 신발이다.

옷은 기능성이어야 하고
신발은 육해공을 아우르기에 부족함이 없어야 하며
둘 다,
젖었을 때는 빠르게 말라야 한다.

마음에 꼭 드는 딱 한 켤레의 신발만 있으면
어디든 갈 수 있다.

신발은 내가 걸어온 길을 함께하며
발자국을 남긴다.

낡은 신발은 그동안의 여정을 증명하지만
귀국하면 언제나 신었던 신발을 버리고
신발장 속 일상을 꺼낸다.

향수에 취해 구구절절 늘어놓으며
영웅담으로 길게 곱씹지도 않는다.

인생의 여정에서
어느 순간 어떤 신발을 신을 것인지 고민하는 것은
곧 어떤 방향으로 삶을 살아갈 것인지에 대한
결정과도 같기에
나는 항상 현재를 신는다.

결국 중요한 것은 미래도 과거도 아닌
지금 이 순간을 어떻게 걸어가느냐에 달려 있다.

07. 구둣주걱

없어도 되는 존재.

하지만 예쁜 신발, 좋은 신발에는
꼭 필요한 존재.

억지로 신으면 구겨지는
신발의 뒤축을 보호함과 동시에
사뿐히 발이 들어갈 수 있게 돕는 존재.

어디 그뿐이랴?

깊이 허리 숙이지 않는 당당함도
덕분에 가능하다.

마치 손수건 같다.

작지만 세심하게

기능 이상의 가치를 담고 있다.

그 자체만으로 품위가 생긴다.

없어도 되고
있다고 해서 사용하지 않기도 하지만
그래도 있으면 있어 보이는 너란 존재.

그랬으면 싶은 나란 존재.

08. 우산

분명 화창할 것 같아 그냥 나섰다.

맑은 하늘,
돌아서기 딱 고민될 거리즈음에서
여우비가 내린다.

내가 좋아하는 알록달록 무지갯빛 우산에게
갈까 말까 고민한다.

여우비에 젖은 흙 내음 맡고 콧노래 부르며,
가벼운 이 비에 이 거리를 여유 있게 걷자 싶어
돌아선다.

더 큰 비가 와도
우산을 만나러 가는 길이고,
그렇지 않아도
보행 스틱으로 나의 길을 도울 것이다.

잠시 뒤,
시집가는 여우 말고
장가가는 호랑님의 소식까지 강하게 들리지만
상관없다.

갑작스러운 비가 주는 당황스러움도,
그 비를 즐길 여유도,
상황이 아닌 준비된 마음에서 나온다.

지금은 차 안과 가방 안
화창한 날의 짐으로 항상 준비되어 있지만
이건 겁을 먹어서가 아니다.

우산은,
자연스레 현실을 받아들이기 위한,
현실에 적응하기 위한
하나의 징표이자 스스로에 대한 보살핌이다.

마치 맞닥뜨릴 인생의 장대비 속,

흔들리지 않게 차곡히 준비된 삶처럼.

2장. 거실

09. 거실

온 가족 친척 모두 거실에 둘러앉았다.

명분은 같이 과일을 먹는 건데
실상은 근황 토크를 가장한 자기 자랑 시간이다.

시작은 오랜만에 만난 가족들의
인상, 얼굴 등 보이는 것에 대한 몇 마디에서
빠르게, 하는 일에 관한 이야기로 넘어간다.

돌아가며 꼬리 물기 자기 자랑을 이어간다.

정해진 순서는 없다.

눈치 게임하듯 다른 가족의 주제에
연결할 수 있는 거리가 있으면 치고 나오면 된다.

자랑 한 마당이 끝나고 나면

제일 조용했던 가족에게 질문을 던진다.

모든 대화는 그곳으로 집중되고
이래저래 조용한 이유 있던 가족은
훈훈한 마지막 멘트와는 달리 찜찜한 기분이 든다.

저녁이 되고 아침이 되면 하나둘 떠난다.

승자 없는 자기 자랑 치킨 게임.

10. 소파

늦은 저녁, 아니 오늘 새벽,
집에 돌아와 소파에 누웠다.

몇 번을 벌컥여도 숙취의 목마름이 가시질 않는다.

침대에 올라가면 안 된다고 느낀 건지
널찍한 소파가 좋아 보였던 건진 모르겠다.

편안함으로 따지면 침대가 맞을 텐데
무의식중 이쪽에 자리를 잡았다.

이드, 에고, 슈퍼에고.

본능의 이드와 도덕성의 슈퍼에고 사이,
술 취한 나의 에고는 어떻게 둘을 중재했을까?

잠은 침대에서가 맞지만

문에서 가까운 소파로 가는
편안함의 본능을 따른 걸까?

아니면 씻지 않고 침대에 누우면 안 된다는
도덕성이 나를 이끈 걸까?

생각나지 않는 간밤의 에고가 어느 편이었는지
전화를 돌리려다 참는다.

이러나저러나 돌이킬 순 없으니
그냥 그러려니 하자 참는다.

11. 쿠션

소파 위에 놓이면
안거나 허리 뒤에 받치고
종종 베개로도 쓰이는 개인 맞춤형 소품.

인테리어의 완성도를 높이기도 하지만
그렇다고 꼭 있어야만 하는 건 아닌 것.

자진해서 쿠션이 되고자 했다.

남들이 부담스러워하는 부분들에
선뜻 나서 책임지고 연결해 주고 싶었다.

나도 떨리지만
누군가는 해야 할 일이라면,
그게 옳은 일로 여겨진다면,
손을 들어,
그렇게 했다.

솔선수범이라 표현하기도,
오지랖이라 표현하기도.

안 하려고도 해 보았지만
지나고 보니 그게 나다.

득보다는 실이 많고 상처도 많지만
이편이 내가 편하다.

아무것도 없었을 때에는
실속 없는 내가 싫었고,
삶으로 근육이 다져진 지금은
내가 멋있다.

항상 빵빵한 자신감을 유지하자.

12. 담요

헌혈하러 갔다.

번호표를 뽑고 전자문진을 마치면 번호를 부른다.

문진실로 들어가 필수 질문과 함께
혈압 측정 및 피검사를 한다.

다시 밖에서 대기하다 호명하면
이번엔 채혈침대로 간다.

안내에 따라 신발을 신고 앉듯이 눕는다.

준비를 마친 간호사가
무릎부터 배꼽 언저리까지 오는 담요를 덮어주며
그렇게 채혈의 과정은 시작된다.

담요는 이불처럼 도톰하지도,

그렇다고 너무 얇지도 않다.

민망하지 않게 가리면서
적당한 두께로 체온 유지를 돕는다.

하나의 작은 배려가 따뜻함을 남긴다.

사람 사이 따뜻함은 그렇게 전해진다.

13. 테이블

나는 큰 테이블을 좋아한다.

테이블 위에 아무것도 없는 것을 좋아하고
내가 신경 쓰는 것들이 올려져
존재를 뽐내고 있는 것도 좋아한다.

하지만 정리 안 된 테이블은 싫다.

책들이 켜켜이 쌓여있거나
먹었던 것들의 흔적이 남아있는 것도 싫다.

테이블에 앉아 글을 쓰다
지금 나의 테이블을 스윽 한번 훑어본다.

이번엔 테이블 아래를 본다.

튼튼한 네 개의 다리가 딱딱한 상판을 버티고 있다.

지금보다 조금 높았거나
지금보다 조금 낮았다면?

나는 테이블 위만 생각하고 있었는데
나의 모든 편의는 보이지 않는 네 개의 다리가
묵묵히 제공하고 있었다.

내 일상의 안정감은
무엇이 조용히 지탱해 주고 있는가?

14. 촛대

잡내를 제거한다며 집들이 선물로 받아
이따금 피우는 것.

담배는 끊은 지 오래라
퇴근길, 학생에게서 뺏은 라이터를 찾아
짐을 뒤진다.

유리의 촛대는 모양 그대로의 초를 품고
나는 거기에 불을 붙인다.

'차-카락, 차-카락.'

철제의 톱니가 갈리며 불꽃이 튀다,
이내 '후-슥'하고 초 끝에 불이 붙는다.

몇 번 안 쓴 것 같은데
짧고 넓어 몰랐는데

오랜만에 본 초의 길이가 눈에 띈다.

인생도 마찬가지일까?

하루하루는 찰나의 일상인데
지나고 나면 눈에 띄게 줄어 있을까?

꺼지는 순간 따스함으로 기억되길 바라며
아껴야지.

한 톨의 불꽃이라도.

15. TV

며칠 전,
TV 없는 우리 집에
수신료를 내라며 고지서가 왔다.

잘못 보낸 거겠지 싶어 무시했는데
한 달 후 또다시 고지서가 날아왔다.

처음 이 집으로 이사 와
인터넷을 개통하는 나에게
더 많은 페이백과 할인 혜택을 주겠다며
무료 TV 설치를 권했다.

현금에, 현물에,
괜찮을 것도 같았지만
휴대폰과 노트북으로 영상을 시청하다 보니
필요 없어 설치하지 않았다.

TV가 필요했다면 일찍부터 고민했을 테지만
그것은 나의 구매 리스트에 없어
고민조차 하지 않았다.

그래서 TV가 없다.

내가 목적한 것에 약간의 돈을 더 들여
+ @로 구매하는 무언가는
마트에서 사는 1+1, 2+1이 전부다.

하지만 이것에도 이제는 마음을 줄인다.

덤으로 오는 것들은 늘
관리할 몫을 남긴다.

이제는 채우는 게 아닌,
비우는 게 필요한 시간.

16. 장식장

어릴 적,
공룡 피규어 여럿을 가지고 있었다.

유리문이 달린 장식장 안에
일렬로 공룡들을 세워 놓았다.

외출하고 돌아오면
그 배치와 간격이 여전히 내 마음에 드는지
다시 한번 확인한다.

아까는 마음에 들었던 것도
지금은 마음에 들지 않아 다시 만진다.

만지다 보면 전체를 다 바꾸고 싶은 마음이 든다.

그러면 또 그렇게 한다.

마음이 편하다.

사람 마음도 그렇다.

날마다 다르고,
시마다 다르고,
분마다, 초마다,
다르다.

그래도 남들이 내 공룡을 만질 순 없다.

17. 액자

선택이다.

사진을 끼워 넣을 수도,
멋진 글귀를 적어 넣을 수도 있다.

어떤 걸 넣느냐에 따라 내용은 달라지지만
틀은 변하지 않는다.

나도 마찬가지다.

나만의 모습과 이야기가
나라는 틀에 담겨 차곡차곡 쌓여있다.

유지할 것인가?

깨부술 것인가?

나는 부수는 편을 택한다.

깨지면 다시 하나 갈아 끼우면 된다.

선택은 언제나 나의 몫.

18. 거울

눈을 피한다.

반사되어 비친 모습이 어색하다.

이것도 나고 저것도 난데
거울 속의 나와 눈을 마주치기가 어색하다.

내가 나를 알아서일까?

자존감이 낮은 건가?

4885?
떳떳하지 못한 무슨 죄를 지은 건가?

용기 내 전신거울을 마련한다.

눈뿐만 아니라 육체미도 자랑하며,

무서운 표정으로 손가락질까지 한다.

에이 밖으로 나가자.

19. 시계

집중하면 들린다.

더 집중하면 천둥번개 소리보다 커 잠도 못 잔다.

하지만 집중하지 않으면 그 존재조차 모른다.

숨 쉬듯 시간이 가고
가는 시간을
시계가 직관적으로 보여준다.

우리는 시계 속 단순한 숫자에 의미를 부여해
약속을 하고,
지키고,
화낸다.

모든 건 마음 먹기에 달렸다.

째깍이는 시계 소리에 집중하는 것.

약속을 지키는 것.

화를 내는 것.

나는 지금 무엇을 마음먹고 있는가?

20. 천장

모델하우스에 가면 평면도를 볼 수 있다.

평면도는 천장에서 바라본 집의 모습으로
한눈에 집의 모든 구조를 보여준다.

그렇게 마음에 드는 집을 발견하고 입주했는데
만약,
정말,
천장이 없다면?

모델하우스에서 본
마음에 드는 모습 그대로를 다 갖추었는데
고개를 들어보니 파아란 하늘이 보인다면?

천장은,
실내 공간을 형성하는 핵심적인 부분이다.

그 모든 것을 다 갖추었다 해도 천장이 없으면
건축물의 목적 중 하나인
보호 기능을 상실하게 되는 것이다.

인생의 천장은 무엇일까?

그것이 때로는 우리가 사랑하는 사람일 수도 있고,
스스로를 지탱하는 원칙과 가치일 수도 있다.

인생의 천장은,
우리를 외부의 혼란과 변화로부터 지켜주며
삶에 안정감을 준다.

끝없이 넓은 하늘 아래에서의 자유로움도 중요하지만
자유를 제대로 누리기 위해서는
자신을 지키기 위한 보호막도 마땅히 필요하다.

21. 블라인드

해에게 간섭받고 싶지 않을 때에만 내린다.

테라스 너머가 사람들 다니는 대로변이었다면
항상 내렸겠지만
그건 아니라 괜찮다.

자연은 내가 어찌할 수 없는 영역이지만
사람으로부터의 영역은 그렇게 자연스레 차단되었다.

사람은 환경에 영향을 받는다.

어쩔 수 없는 간섭은 어쩔 수 없다.

하지만 통제할 수 있는 간섭은
내가 원하는 방향으로 조절해야 한다.

조언을 핑계 삼는 부정적 피드백에

나는 블라인드 Blind를 자처한다.

많은 것을 보고 경험하고 생각하며
방향을 잡았다.

설령 이게 아니라 해도
지금의 때에는 이게 맞다.

나의 그릇에 맞지 않다면
지금은 철저히 외로워질 때.

22. 서큘레이터

홑이불에 반바지 차림의 잠자리가
춥게 느껴진다.

예측하기 어려운 기온 탓에
혹시 몰라,
호옥시 몰라
집어넣지 않았다.

어릴 적,
집에 있던 선풍기는
'왕왕왕왕-' 존재의 티를 냈다.

지금은 선풍기가 뭐야,
강한 바람의 서큘레이터가
180도 좌우뿐 아니라 90도로 고개를 쳐들어
상모를 돌린다.

에어컨을 보조하여 2대의 서큘레이터는
지난여름과 초가을,
불현듯 찾아온 제주의 습한 무더위를
소리 없이 달래주었다.

하지만 여기까지다.

이제는 떠나야 할 때.

필요한 때에 필요한 만큼 열정적이었다면
그걸로 됐다.

그 이상이었다면 훌륭하다.

내가 그랬다.

23. 공기청정기

아기가 세상에 나와 하는 첫 말.

응-애.

세상에 나와 보이는 '살아가겠음'의
첫 번째 의지다.

숨을 통해 각오하고
마시고 내쉬며 생을 잇지만
금세 잊는다.

살아있다는 단순한 의지,
순수했던 생의 각오는
순식간 사라진다.

모든 것은 당연하고
그런 것에 덤덤하여

이제 그러려니 싶다.

공기청정기는
보이지 않는 먼지와 오염을 거르고
맑은 공기를 뿜는다.

필요하지만 눈에 띄지 않는
그 일을 한다.

어쩌면 이것은
세상 첫날의 각오를 상기시켜 주는
발명품이 아닐까?

마침내 세상 첫날의 두근거림이 멈출 때까지 두근거릴,
그런 인생을 살고 싶다.

24. 고지서

매달 우편함을 통해
가스비와 전기세가 삐리릭 고지된다.

보자 보자 어디 보자.

아끕게 생각하고 아낀 것도 아닌데
나오는 요금은 항상 아끕다.

살아 있는 비용치고 너무 적어,
살아 있는 게 맞나 싶어,
눈은 고정한 채 오른쪽 볼만 톡톡 친다.

어느 때보다 열심인데
세상에 끼치는 영향은 전혀 없는 걸까?

고지서 하나에
괜스레 나의 가치까지 뒤집어본다.

벽에 걸린 일일 목표 1번,
'오늘 세상에 하나 이상의 작용을 가했는가?'

분주했으면 못 느꼈을 감정을
여유로운 이 집에서 사색하며 느낀다.

아니다.

잘 살아왔고,
잘 살아있고,
잘 살아갈 것이다.

3장. 주방

25. 주방

우리 집 주방은 L자형의
너무 작지도, 그렇다고 너무 크지도 않은 크기로
거실 한쪽에 면해 있다.

나에게는 이 크기가 요리하기에 딱 맞다.

한 달 전쯤,
한식 조리 기능사를 취득하겠다고
이것저것 썰어대다 손가락도 같이 썰어
혈흔이 눈곱만치 낭자한
행주대첩의 현장도 바로 이곳이다.

그렇게 요리와 주방과는 상관없이 살던 내가
한식 조리 기능사를 공부하며
다양한 재료와 맛에 대해 공부하고 배웠다.

간설파마후깨참.

양념의 기본 조합과 맛도
이제는 능숙하고 적절하게 가늠하여
티브이에 나오는 요리하는 돌아이 정도는 아니어도
요리하는 아이 수준의 맛은 제법 낸다.

요리를 하며 내가 가장 중요하다고 느낀 점은
들어가서는 안 될 재료가
섞이지 않도록 주의하는 것이다.

인생에서도 마찬가지다.

좋아하는 일을 하는 것보다
싫어하는 일의 발생 확률을 줄이는 게
에너지와 감정 소비 측면에서 더 효율적이다.

어찌 됐든 주방도 인생도
조화로운 맛을 찾는 여정이니 말이다.

26. 냉장고

농·축·수산물의 경우
이마트보다 하나로마트가 저렴하다.

나는 집 근처 하나로마트에 가서
약간의 청양고추와 계란,
애송이버섯과 중력분 밀가루를 산다.

편 썬 애송이에 어슷 썬 청양고추,
물 약간에 계란 두 개를 풀고
중력분 밀가루와 박력분 튀김가루로 섞는다.

추적추적 내리는 비에 어울리는
애송이 부침.

비자발적 큼직함에
자발적 미니멀라이프가 실현된 나의 냉장고는
남은 재료를 다 채워 넣어도

다시 한참이 비었다.

냉장고 안,

빈 공간이 주는 여유로움에

이마트 한정 물품들이 바닥을 보일 즈음,

차에 기름을 넣어야 하거나

헌혈로 받은 영화 티켓을 사용하러

제주에 세 개밖에 없는 이마트 중 한 곳에 간다.

제주에서 가장 저렴한 주유소 두 곳 중 한 곳에 간다.

제주에 두 개밖에 없는 롯데 시네마 중 한 곳에 간다.

세 가지가 모두 충족되면 베리 나이스.

비움을 채우고픈

계획스런 나의 욕구.

27. 싱크대

싱크대에 거뭇한 때가 끼었다.

곰팡이다.

깨끗하게 유지한다고 했는데
수세미 받이 아래
사각지대가 있었다.

청소가 용이하다는 게 스테인리스의 장점인데
못 봤다.

청소는 간단하다.

쓱- 하고 싹- 하면 끝이다.

이렇게 간단한 일인데
너무도 가까운 곳에서

스멀스멀 영역을 넓히다,
드디어 내 눈에 발견됐다는 게
분하다.

사소한 방심 하나가
곰팡이가 될 줄은.

그렇다.

쉽게 지나칠 수 있는 일일수록
놓치기 쉽다.

28. 칼

칼은,
어디에 있느냐,
어떻게 사용하느냐에 따라
분위기가 달라진다.

날카롭고 강력하기에
제대로 다루지 않으면
자신이나 타인에게 상처를 줄 수 있다.

우리 몸에도 칼과 같은 기관이 있다.

바로 세 치, 9㎝가량의 혀다.

세상에서 가장 많이 팔린 책 성경에서도
"입으로 들어가는 것이 사람을 더럽게 하지 않고,
입에서 나오는 그것이 사람을 더럽게 한다."고 했다.

세 치 혀로부터 시작된 무형의 말에는
유형의 영향력이 담겨있다.

칼로 입은 상처는 시간이 지나면 아문다.

하지만 말로 인한 상처는
시간이 지나도 쉽게 사라지지 않는다.

날카로운 혀는 칼보다 깊은 상처를 남긴다.

29. 도마

프라이팬에 삶아야 끓어오름이 없어
스파게티 면을 프라이팬에 삶는다.

냉동실에서 꺼낸 1kg들이 팩에서
마늘 예닐곱 개를 꺼내 도마 위에 올린다.

편 썰기를 하고
채 썰기를 하고
다진다.

이거면 됐다.

알리오 올리오 Aglio e Olio는
마늘을 뜻하는 이탈리아어 Aglio와
올리브오일을 뜻하는 Olio의 만남이다.

이름에도 들어가듯 요리의 핵심은

마늘이 십 중 팔, 구는 해서
약간 들어가는 고춧가루나
소금, 후추 등의 중요성은 덜하다.

마늘을 적당한 양과 크기로
얼마나 알맞게 썰어 넣었느냐가 가장 중요하다.

도마는 돕는다.

어떤 재료든 요리에 맞게
재료의 형태를 바꿀 수 있도록 돕는다.

가끔은,
도마 위에서 하는 반복적인 행동이
생각까지도 단칼에 다듬어 줘
좋다.

30. 전기밥솥

플라스틱병에 소분하여 담아 놓은
반 공기 분량의 쌀을
밥솥에 붓는다.

맑은 물이 나올 때까지
흐르는 물에 벅벅 씻는다.

뒤로 돌아 한 편의 포댓자루로 간다.

귀리를 두 스쿱 넣고
이번에는 살살살살 씻는다.

쌀과 귀리의 비율은 4:6.

씻는 과정에서
귀리가 물을 많이 머금어
최종 물의 양은 조금 박하게 넣는다.

전원 꽂고 30분.

버튼만 누르면 시간으로 완성된다.

그냥 흐른 것 같지만
안에서는 사투가 있었으리라.

잘 지어진 밥처럼,
인생도 뜨거운 시간 끝에 비로소 완성된다.

31. 오븐

노릇노릇하게 익혔다.

생각해 보면
내가 다 일궈낸 것 같은데
내가 한 건 하나도 없다.

시간과 자연이 그 자체로 흐르며 만들어냈다.

운치 있게 자란 돌담의 덩굴이나
이 집에서 많이 보이는 거미의 한 종류나.

그게 인위적이었다 해도 결과는 마찬가지다.

지금 노트북이 올라가 있는 테이블과
앉아 있는 의자, 이 집까지.

눈에 보이는 자연 아닌 모든 것들.

그냥 다 그렇게 있고
나는 단지 이때에
이곳에 머무르고 있을 뿐이다.

이 분위기에 묻어있을 뿐이다.

노릇노릇하게 익었다.

32. 찜기

찜기에 계란, 감자, 고구마를 넣는다.

다 익은 계란은,

빠른 손으로 대접에 옮긴 후

귓불을 잡아 내 손 먼저 식힌다.

안정될 즈음,

대접 속 계란에 차가운 물을 받아

너도 좀 식히라 한편에 둔다.

감자는,

도톰한 스푼 말고 뾰족한 포크 말고

젓가락 한 짝으로 콕 하고 쑥 밀어 넣어 옮긴다.

고구마는 이미 갈라져 있다.

필요 시간,

계란 10분, 고구마 20분, 감자 30분.

제일 늦는 감자에 시간을 맞추다 보니
작은 고구마 속 수분은 이미 날아가
쩍 벌리며 날 반긴다.

찜기 속 다양한 재료가
익힘까지 이븐할 순 없다.

인생도 마찬가지다.

누군가는 저 정도면 됐고,
나에게는 이 정도가 좋다.

33. 믹서기

한때 ABC 음료가 유행했다.

Apple, Beet, Carrot.

사과는 심장에
비트는 혈압에
당근은 시력에 좋다.

그리고 이 모든 걸 믹서기에 넣고 갈아내니
단순한 조합 이상의 시너지가 났다.

인간관계에서도 서로 다른 강점이 만나
그 이상의 성과를 만들어내는,
시너지가 나는 관계가 있다.

반면에 분명한 강점 있는 사람들임에도
일을 하는 중 또는 마치고 나서

갈등과 오해가 야기되고 불신하게 되어 버리는,
역시너지가 나는 관계도 있다.

관계의 핵심은 나도 너도 갈리는 거다.

각기 다른 환경에서 자라온 사람이 만났으면
이해는 못 하더라도 존중은 해야 한다.

존중을 위해서는
내가 가진 이해의 척도와 경험 등을
상대를 위해 직접 갈아야 한다.

갈았을 때 시너지면
시절 친구의 시작이다.

34. 커피포트

보글부글 물이 끓다 알아서 전원을 내린다.

커피포트에 라면을 끓여 먹었다는 글은
상상만으로도 비릿하다.

어떻게 씻으려고?

씻는 것까지 생각하지 않는다면
음... 이해는 간다.

빠르게 국물이 우러난다.

여기에 깊은 맛을 내기 위한 무언가를 더 넣으면
보암직도, 먹음직도 할 것이다.

그래, 빠르게, 맛있게 끓일 거라면,
뒷일을 생각하지 않는다면,

커피포트가 좋겠지.

하지만 넓은 시각으로 전체를 살펴보면
‘빠르게’ 보다 ‘알맞게’가 맞다.

커피 물은 커피포트에.

라면 물은 냄비에.

35. 바구니

장바구니.

세탁바구니.

과일바구니.

피크닉바구니.

담을 수 있는 양은 한정되어 있다.

어떤 바구니라도 용도에 맞게 채웠다면
다시 또 비워야 한다.

바구니는 조금씩 닳아가지만
비워지고 채워지는 시간에 어울려
모양은 품에 맞게 조화로워진다.

그 적당함에
노련함과 숙련됨으로
점점 더 손에 익어간다.

이때 주의할 점은
매너리즘에 빠지지 않을 것.

익숙함에 속아 소중함을 잊지 않을 것.

36. 식탁

받침대에 뜨끈한 국을 올리면
오늘의 식탁이 완성된다.

어렸을 때 이곳은 예절의 집합체였다.

숟가락을 뜨는 것에서부터
씹는 것과 이야기가 가능한 순간까지,
식사를 빙자한
모든 예의를 습득하는 자리였다.

이때 실수하지 않는 유일한 방법은
아무 말도 하지 않고 천천히 행동하는 것.

지금도 그렇다.

실수하지 않는 유일한 방법은
아무것도 하지 않는 것이다.

하지만 침묵은 보호막처럼 보이는
회피의 수단이다.

선택해야 한다.

아무것도 하지 않고
천천히 흐르는 대로 지켜만 볼 것인가?

아니면 문제 해결을 위해 부딪칠 것인가?

37. 의자

군대에서 생긴 허리 디스크의 가장 큰 이유는
불편한 철제 의자 때문이었다.

구부정한 자세로
장시간 컴퓨터 앞에 앉아 근무하다 생긴 병이다.

지금 눈앞에 의자 셋이 있다.

내가 앉은 것까지 넷.

곡선의 디자인은 아름답고
들어보면 무게도 가볍다.

색깔은 알록달록,
테이블과 깔 맞춤 돼 보기에도 좋다.

색감과 디자인만 보고 고른 의자는

집 안 분위기와 어울리는
멋진 인테리어 소품이 되었지만
허리를 뒤로 젖혀 눕듯이 앉기도 하는 나에게
플라스틱의 딱딱함은 영 불편하다.

분명 좋았는데 이제는 싫다.

도장 깨기 하듯 며칠 간격으로 하나씩
의자 허리를 부러뜨린다.

나에게 맞는 의자는 집안 분위기와는 맞지 않는
쿠션 좋고 튼튼한 게이밍 의자였나 보다.

38. 컵

어느 순간 내 컵은 와인 잔이 되었다.

별것 아닌 변화인데
와인 잔으로 바뀐 컵에
왠지 모를 분위기가 생겼다.

아마 그때부터인 것 같다.

몇 달 전,
60세의 영국인 자전거 여행자를
우리 집에 재운 적이 있다.

떠나는 날 아침,
추적추적 내리는 비에
이런 날 한국에서는
파전에 막걸리를 마신다고 하며
파는 없어 감자 전에 막걸리로 대접했다.

막걸리에 어울리는 컵도 없어
와인 잔에 함께했다.

외국인 친구들에게
막걸리와 와인을 같은 수준에 놓고
'코리안 와인'이라 소개하곤 했는데
처음 따르는 와인 잔 속 막걸리가
왜 그리 어색했는지 모르겠다.

어색함도 잠시,
참 어울렸다.

어쩌면 우리 삶 속 당연한 무언가도
당연한 게 아닌 건 아닐까?

이건 꼭 이렇게 해야만 한다고 생각하는 그것이
꼭 그렇게 하지 않아도 되는 건 아닐까?

39. 차(tea)

차 모임에 갔다 차를 몰라 된통 혼이 났다.

잎사귀가 푸르러 녹차인 줄 알았는데
아니다.

녹차든 홍차든 우롱차든
모두 같은 차 나무,
카멜리아 시넨시스에서 나온다.

부르는 이름은
가공 방법과 산화 정도에 따라 다르다.

녹차는 산화를 최소화한 것.

홍차는 완전히 산화된 것.

우롱차는 녹차와 홍차 사이 부분적으로 산화된 것.

오는 길,
마트에 들러 브랜드 없는 홍차를
기분껏 한 곽 샀다.

다음엔 그 중간 어딘가에서
우롱차처럼 조화롭게 스며들어야겠다.

첫 만남의 융단폭격에 산화할 뻔했다.

40. 와인

인생의 어느 때에
레드 와인을 주로 마셨다.

분위기는 충분히 즐겼지만
맛은 향유되지 않아
찡긋하는 코끝에 주종을 바꿔 보았다.

화이트 와인은 분위기와 맛
모두 있어 좋았다.

비싼 미각을 가진 건 아니라
장을 보러 갈 때마다
1만 원 이하 와인을 한두 병 사 오곤 했다.

코르크 마개가 아닌 스크류 캡이라
보관이 용이하다는 점도 플러스 포인트.

레드 와인의 코르크 마개는
숙성을 위함이다.

화이트 와인은
신선함을 위해 스크류 캡을 사용한다.

숙성될 것인가?

신선할 것인가?

이러나저러나 그 끝은 샴페인.

41. 에코백

아프리카 대륙에 있는 스페인 역외 영토 멜리야에서,
그것도 내가 좋아하는 데카트론 매장에서 샀다.

자전거 여행을 하며
그때그때 비닐봉투만 소비하다,
아프리카 대륙 마지막 도시라는 센치함에
자전거 용품 이것저것을
매장에서 파는 1유로 에코백에 담았다.

구매한 용품들을 담을 용도였지만
지금까지 내게 남아있는 건
그때 산 에코백 하나.

영국 환경청 연구에 따르면
면으로 만든 에코백은 최소 131회를 사용해야
일회용 비닐봉지보다 낫다고 한다.

별것 아닌 비닐봉지의 소비를 줄이기 위해
비중 없는 1유로의 에코백은
132번째가 되어서야 비로소 그 가치를 인정받는다.

모든 건 침묵의 시간 뒤에 완성된다.

처음에는 미비해 보일 수 있는
작은 행동의 반복이 축적되어
의미 있는 변화를 만든다.

환경 보호를 목적으로
에코백 사용이 유행처럼 번졌지만
131번째의 앎을 우습게 보는 모습은 없어야 한다.

가치 판단은
처음이 아닌 끝에서 이루어지기에.

시작이 아닌
꾸준히 이어온 무게에서 빛이 나기에.

42. 침실

언제부터였는지 모르겠다.

큰 방, 작은방으로만 구분하던 집의 공간을
이제 침실은 따로 빼놓고 말한다.

방의 개수가 3개 이상부터인 것도 같다.

언제부턴가 그렇게 되었다.

작은방보다 더 작은 크기로
침대와 화장대, 거울,
그리고 가슴 높이 수납장만 들어가 있다.

그래서 딱 잠을 잘 때에만 들어간다.

공간적 분리가 준 심리적 구분이
일상과 휴식의 경계를 명확히 했다.

모든 것을 위한 첫걸음.

환경 세팅.

침실이라는 공간의 구분이
삶의 균형을 잡아주었다.

43. 침대

하루의 시작과 끝을 담은 공간.

누구도 거스를 수 없는 수면의 욕구는
단순한 생리적 필요를 넘어
머릿속에 쌓인 무거움을 내려놓을
고요한 안식을 준다.

내일을 준비할 힘을 준다.

싱글, 슈퍼 싱글, 더블, 퀸, 킹, 슈퍼 킹.

싱글에서 슈퍼 킹까지 크기는 다양하지만
나에게 필요한 건 양팔을 펼친 정도.

여기에 조금 더 사치를 부린다면
90도를 돌아누워도 거칠 것 없을 정도의 너비.

중요한 것은 얼마나 큰 침대에서 자느냐가 아니라
그 안에서 얼마나 걱정 없이 쉴 수 있느냐이다.

돈이 많든 적든,
넓은 집에 살든 작은 방에 살든,
마음 편히 에너지를 충전할 수 있는지가
더욱 중요하다.

그렇게 보면 삶에서 진정한 부는
물질이 아닌 충분한 휴식과
새로운 시작을 맞이할 힘에 있는 것 같다.

오늘도 개운하게 침대에서 내려와
새로운 하루를 용기 있게 맞이하자.

44. 매트리스

이전 집에서
올라 눕기만 하면 꿀잠을 잔다 하여 구매한
마약 매트리스.

몸의 곡선을 따라 편안하게 받쳐 주고 폭신한 게
정말 그래 보였다.

마약이라는 단어에 꽂혀서일까?

아니면 플라시보 효과 때문인지
정말 그렇게 느껴져 한동안 꿀잠을 잤다.

이번 집에는
옵션으로 매트리스가 있어
공간도 아끼며 더더욱 편하게 자고 싶어
그 위에 마약 매트리스를 올렸다.

보기에 좋아 보였지만 누워보니 아니다.

체형대로 들어가는 게 아니라
지나치게 들어가
자고 일어나니 허리가 아프다.

검색해 보니
매트리스 2개를 겹쳐 사용하는 것은
케이스 바이 케이스의 편안함이라 한다.

과유불급.

적당함 속에서 편안함을 찾자.

45. 시트

내가 여행할 때에는
여행자로서 남의 집에 머물렀고,
여행에서 돌아왔을 때에는
우리 집에서 여행자를 맞이했다.

현지에서 만난 인원까지 더하면 세기 힘들지만
집에 머문 인원만 헤아리면
100명 이상의 집에 머물거나 맞이했다.

먹거나 자거나, 먹이거나 재우며
그들의 이야기를, 나의 이야기를 나누는 자리는
언제나 풍성하다.

각국의 문화를 넘겨듣는 것은
내가 가진 문화와 지식에
공을 들여 탑 한 칸을 쌓아 올리는 것과 같다.

그들의 문화를 듣고 이해하는 데 있어서는
사뭇 진지해야 하고
질문에도 무례함이 묻어나지 않도록
먼저 잘 들어보아야 한다.

호기심이 많고 감정 이입을 잘하는 나는
기존 지식에 선입견과 편견을 배제하고
동화되어 하는 질문들을
호스트나 게스트가 큰 눈으로 좋아해 줘
더욱 즐겁다.

이러한 성향과 경험으로
그들의 일상에서
최고의 게스트가 되는 노하우는 가지고 있지만
호스트로서는 영 섭섭함이 있어
이제는 받지 않을까 싶다.

그런데 또 메시지를 보내온
커플 +10개월 아기가 있다.

10개월 아기와 함께 자전거 여행이라니.

일단 게스트룸 침대 시트를 교체해 놓아야겠다.

46. 이불

여름의 뜨거움이
가을의 서늘함으로 바뀌던 날,
자리에 눕자 두 가지 마음이 든다.

머리는 하루 만에 그럴 리 없다며
창문을 열어야 된다 하고,
본능은 아니라고,
가을이라며 이불을 끌어 올린다.

선풍기를 틀어도 이불은 덮는다.

에어컨을 틀어도 이불은 덮는다.

여름이라도 이불은 덮는다.

아무리 옷을 껴입어도
이불은 덮는다.

아무리 가벼운 이불이라도
안 덮으면 허전하다.

이불이 모든 보온을 책임지는 양
언제나 꼭 덮는다.

어쩌면 이불 속에서 찾는 건
따스함보다 뜨거운
안도감일지 모른다.

아침에 일어나
여름의 먼지를 털고,
가을의 숨결을 품자.

47. 베개

잠자리를 생각하면
바닥과 이불이 먼저 떠오른다.

베개는 이 둘을 해결하고도
두 숨쯤 뒤에나 떠오른다.

베개 없이 누우면 목은 지나치게 뒤로 젖히고
옆으로는 머리와 어깨 사이의 공간 때문에
잠을 못 잘 정도로 불편하다.

편안하지 않은 수면 자세는 수면의 질을 저하시키고
저하된 수면의 질은 내일의 나를 피곤하게 만들어
그 페널티는 너무나도 큰데
베개는 항상 뒷전이다.

나는 제주 바다에서
한 텀의 해수욕을 즐기면

미리 준비한 2L 플라스틱 통 속 물로 짠 기를 씻는다.

선글라스를 끼고 방수 돗자리에 누우며
다시 2L 물통을 들어 머리 아래 받친다.

큰 숨을 혈관 깊숙한 곳까지 한바탕 밀어 넣으며
온몸에 짜릿하게 피를 한 바퀴 돌리면
정신까지 이완된다.

물통 베개가 없었다면 불가능했을 쾌감이다.

대단하지 않아도 된다.

지금의 나에게 적당한,
하지만 반드시
존재만 하면 된다.

48. 러그

모로코는 집집마다
세라믹 바닥의 찬 기운을 막기 위해
카펫과 러그가 깔려있다.

카펫과 러그의 차이는 뭘까?

바로 크기 차이다.

카펫은 방 전체에 깔린 대형 직물을 말하고
러그는 상대적으로 작은 크기의 직물을 말한다.

그래서 카펫은 한 번 설치하면 이동이 힘들고
러그는 쉽게 이동이 가능하다.

사람에도 카펫 같은 사람이 있고
러그 같은 사람이 있다.

안정감과 포근함을 주며

꾸준히 묵묵히 제 역할을 해내는

카펫 같은 사람.

반대로 다양한 환경에 잘 적응하고 유연한

러그 같은 사람.

나는 카펫 같은 사람일까?

아니면 러그 같은 사람일까?

49. 협탁

작고 낮은 탁자.

인테리어의 일부로 사용되기도 하는
이 작은 게 참 요긴하다.

침대 옆에 놓아 휴대폰이나 책을 올려놓기도 하고,
소파 옆에 놓아 커피 테이블로 활용하기도 한다.

크기는 작지만
쓰임새는 참 넓다.

인생에서도
소소하지만 확실한 행복이 있다.

테라스에 앉아 한 잔의 차를 마시는 순간.

좋아하는 책을 읽는 시간.

산책하며 느끼는 공기의 상쾌함.

꽉 찬 하루를 마치고 자리에 누워

온몸에 양껏 힘을 주었다 풀었을 때의 쾌감.

행복은 몇 번의 강도 있는 이벤트가 아닌

일상의 작은 순간들 속 마주하는

소중한 빈도로 채워진다.

50. 램프

제주도에 살기로 마음먹은 가장 큰 이유는
여유롭다는 것이다.

자연의 아름다움과 공존하는 평온함에 나는
도시가 아닌 자연을 좋아하는 사람이라는 것을
다시금 깨달았고
더 깊이 자연을 느끼고자 캠핑 장비를 마련했다.

그때 램프를 샀다.

충전형 전기 램프로
너무 크지도, 작지도 않아 휴대하기 좋고
3단계로 빛 조절이 가능한 데다 가격까지 착해
큰 고민 없이 2개나 샀다.

캠핑 중 밤이 찾아오면
램프의 불빛은 더욱 소중해진다.

제주도 푸른 밤 아래
램프는 은은하게 주변을 밝힌다.

커다란 빛은 아니지만
필요한 만큼의 따스함과 안정감으로
조용히 곁을 물들인다.

인생도 때때로 어둠 속을 걷는 듯 보이지만
그 어둠 속에서 희망과 의지의 램프로
은은하게나마 길을 밝혀야 한다.

그리고 그 빛을 따라 두렵지만 용기 내
천천히, 꾸준히, 한 걸음 한 걸음 내디뎌야 한다.

가만히 눈앞의 램프를 다시 껐다 켜본다.

51. 커튼

방으로 들어오는 빛 때문에 잠에서 깨곤 했다.

빛을 피해 머리를 벽에 붙이고
이쪽저쪽 다리를 접어 숨기도 했다.

안 되겠다 싶어
벽지 톤과 어울리는 색으로 커튼을 샀다.

이왕 사는 거 다른 방에 달 커튼도 샀다.

이제 커튼을 치면 빛 하나 들어오지 않는다.

차단된 자연 채광 속에서
반응 없이 푹 잘 수 있다.

맞춰 놓은 알람을 기계적으로 끄고 나면
시간 가는 줄 모르고 더 잘 수 있다.

그렇게 한나절을 보내고 나면
하루가 다 간 느낌이다.

제주의 습한 여름을 보낸 작은방 커튼 안
푸르스름한 곰팡이가 옹기종기 모여있다.

나는 스스로를 어둠 속에 가두고
무엇을 얻었을까?

52. LED

LED가 깜빡거릴 수 있나?

긴 수명이 장점인 LED인데
내가 오기 전까지
얼마나 많은 사람들이 스쳐 갔을까?

이사한 집의 깔끔함도 몇 달이 지나자
낡고 녹슬어 보인다.

느낄 수 없게 천천히 꾸준히
생활의 때가 묻고 빛을 잃어가고 있었겠지.

사람 관계도 그렇다.

익숙함에 속아 그 소중함을
천천히 잃어가고 있는 건 아닌지
점검해 보아야 한다.

내가 하는 말이
솔직함을 가장한 무례함은 아닌지.

반대로 상대방이 나를 대하는 태도가
그러고 있는 건 아닌지.

무뎌진 감정들이 모여
마음의 문턱을 벗어나면
그제서야 비로소 소중함에 눈을 뜬다.

늦기 전에 점검하자.

53. 에어컨

이 불볕더위가 감당이 가능하긴 해?

하루에도 몇 번씩 오는 폭염주의보 문자에 자문한다.

제주를 고집하고 싶은데
매년 동남아를 닮아가는 열대기후 탓에 부담된다.

다행인 건 제주도가 섬이라는 점,
그리고 나는 바다 앞에 산다는 점.

예전에도 이런 날에는
오늘처럼 바다에 뛰어들며 살았겠지?

에어컨을 만든 캐리어가
노벨평화상을 받았는지 검색해 본다.

노벨평화상의 시작은 1901년,

캐리어가 에어컨을 발명한 건 1902년.

발명의 시기는 어느 때보다 적절한데
이건 주최 측의 농간이다.

달은 가을인데 날은 여름이라
리어 형이 캐리 하고 있는 요즘의 오늘.

그래도 제습기는 별도 구매.

54. 화장대

화장대 앞 거울은 거실의 전신거울과 다르다.

화장대 앞에 앉으면
머리를 좌우로 돌려가며
주근깨 개수를 세어야 할 것만 같다.

저녁 시간,
이 앞에서 하는 모든 행동에는 여유가 있다.

같은 시각,
차분한 거울 속 마음 한편에선
내일의 싸움에 대한 준비가 시작된다.

아침 시간,
하루라는 치열한 싸움을 앞둔 때에 이곳은
결연한 전사가 마지막 매무새를 다듬는 장소다.

맞닥뜨릴 운명을 받아들여
오늘을 이길 힘과 용기를 확인함과 동시에
양 뺨을 두 번 치며 내면의 단단함을 정리하는 장소.

출정의 시간이 임박하면 전사의 손길도 빨라진다.

위장에는
세상과의 대면을 준비하는 것 이상의 의미가 있다.

잘 먹인 위장 크림은
자신의 단점은 커버하고 두려운 마음은 물러
심리적 안정과 자신감을 끌어올린다.

준비된 사수 화장대 앞으로!

55. 그림

현관문을 열고 들어오면 멋진 그림이 보인다.

그림으로서도 멋있지만
채광에 따라 그림은 색을 입는다.

밝은 아침이면 그림에도 해가 뜨고
저녁이면 노을이 지다 이내 어두워진다.

하루의 해가 뜨고 지듯
그림에도 해는 뜨고 진다.

그리고 우리의 삶도.

영원할 것처럼 사는 우리지만
시간이 지남에 따라 우리의 태양도
방향에 맞게 서서히 채워지고 있다.

미련 남기지 말자.
미련 남기지 말자.
미련 남기지 말자.

나는 지금의 때에
알맞은 방향으로
후회 없이 가고 있는가?

5장. 드레스룸

56. 드레스룸

점잖은 직장인도
예비군 훈련만 가면 달라진다.

세상 속의 내가 훈련장 속 나로 변해
주변 분위기에 영향받는다.

정도의 차이로 행동에는 증폭 효과가 있다.

처음 보는 이들과의 대화 방식에서부터
눈빛과 표정, 걸음걸이까지
단시간에 빠르게 패치된다.

하지만 그 안에도 깔끔한 차림의
단단한 사람들이 있다.

옷은 나의 정체성과 상태를 반영한다.

때에 맞는 옷을 입고
같은 옷이라도 단정하게 차려입는 것.

옷이 태도를 만들고
태도는 나를 완성한다.

단정함은 순간을 넘어
삶의 결을 보여준다.

그런 나의 선택들이 축적된 공간이 바로 드레스룸이
다.

57. 옷장

옷장을 열었더니 옷이 없다.

많아 보이지만 이런저런 이유로
내 눈앞에 있는 옷은 없는 거나 다름없다.

처음은 화려했지만
시간이 흐르며 옷장의 색이 변하듯
옷을 대하는 나의 감정도 달라졌다.

몇몇 옷은 버리기 아까워 간직했다가
결국 나와 맞지 않음을 깨달았다.

어떤 옷을 남기고 어떤 옷을 버릴지는
내가 결정해야 한다.

인생도 마찬가지다.

우리의 잘못된 습관, 관계,
무거운 마음의 짐을 떨쳐내야
앞으로 나아갈 수 있다.

그렇게 비운 공간에
새로운 옷을 사듯
새로운 시작과 도전들로
이전과는 다른,
조금 더 나에게 맞는,
나만의 스타일들을 채워 넣어야 한다.

하지만 사람이 명품이면
입은 옷도 모든 순간 빛이 나는 법.

이번 주말에는
마트에서 옷을 좀 사야겠다.

58. 옷걸이

입을 옷은 없는데 걸린 옷은 많다.

상대적으로 저렴한 가격이 눈에 띄어
스무 개들이 다섯 묶음 옷걸이를 구매했다.

코트와 와이셔츠는 모양대로 건다.

긴팔류는 세로로 반을 접고
팔 아래와 옆구리를 옷걸이의 양 어깨에 얹어
마치 겨드랑이가 옷걸이 목을 헤드락 하듯 건다.

반팔류는 세로로 반을 접어
옷걸이 가로 바에 건다.

얇은 셔츠부터 두꺼운 코트까지
옷걸이는 어떤 무게와 형태도 모두 수용한다.

인생도 그렇다.

우리는 다양한 상황과 감정, 책임을 짊어지며 살아간
다.

때로는 너무 가벼워
무시할 만큼의 일도 있고
때로는 너무 무거워
견디기 힘든 순간들도 찾아온다.

그러나 결국,
모든 것을 견디고 감당하며
그렇게 매일 조금씩 더 견고해진다.

59. 의류 관리기

한 번 입고 드라이클리닝을 맡기기는 좀 그렇고,
그렇다고 한 철기를 다 보내기에는 더욱 그랬고.

의류 관리기의 출현은 그 사이,
소비자들의 니즈를 충족하고도 남을
광범위한 교집합을 만들어냈다.

나아가,
고급 의류뿐 아니라 데일리 의류까지
손쉽게 집에서 관리할 수 있게 되었다.

의류 관리기로 통칭되며
'스타일러'로 대중화된 그 이름은
LG 의류 관리기의 상품명이다.

생각보다 우리 생활 속
이런 이름들이 많다.

호치키스도
스테이플러 회사의 브랜드명이자 상품명이고
포크레인도
굴착기 회사의 브랜드명이자 상품명이며
심지어 컵라면도 브랜드 농심의 상품명이다.

처음은 그 회사의 상품명으로 의미됐지만
점차 그 분야에서 그것을 대표하는
대명사가 되었다.

인생도 그렇지 않을까?

처음에는 소소한 순간들로 시작하지만
경험이 쌓이고 의미가 확대되면서
나를 정의하는 다양한 대명사가 된다.

인생은 결국 작은 '대명사'들이 모여 만든
하나의 거대한 이야기이다.

60. 수납장

이사를 갈 때마다 함께 다니는 수납장이 있다.

5층으로 된 수납장인데
나름의 방식을 가지고 각 층과 칸별로,
접어서 보관할 수 있는 옷들과 속옷, 양말 등을
깔끔하게 개어 넣는 용도로 사용한다.

몸의 중심에서 반 팔 너비의 공간적 제약 안에
모든 건 계획적으로 구획하고 정리해 놓아
이제는 눈을 감고도 어디에 어떤 종류가 있는지 다 안
다.

여기저기 닥치는 대로 쑤셔 넣으면
찾는 데에도,
많은 양의 옷가지를 넣는 데에도
힘이 든다.

인생도 마찬가지다.

정리와 균형, 선택과 집중, 계획과 실행을 통해
보다 효과적으로 평온하게 만들어 살아갈 수 있다.

마주한 현실에 대한 두려움으로 회피하고 싶은 마음
에
퇴행적인 모습을 보인다는 뜻을 가진 심리학 용어
'요나 콤플렉스'는 인생의 상황 상황마다 발생한다.

해결책은,
미해결 과제가
마주할 과제들의 걸림돌이 되지 않게
그 역시 마주하는 것이다.

이를 위해
그때그때 메모하고, 계획하고, 실천하여
언행에 부끄러움이 없게 되면,
경험상,
목소리에는 자신감이 묻어나고

눈에는 총기가 돌며

미소는 밝고

행동에는 여유가 있다.

인생은 우리 생각보다 단순하고 명료하다.

61. 양말

양말의 올이 나갔다.

동시에 발에는 가시가 박혔다.

테라스를 오가며 일광욕을 할 때마다
발바닥에 걸리적거리는 데크의 어딘가가
오늘에서야 드디어 본색을 드러낸다.

테라스의 화분, 맞은편의 귤밭,
차를 타고 오갈 땐 한라산과
가을의 파아란 하늘 등
항상 눈높이 이상의 것들만 신경 썼다.

하지만 문제는
관심 두지 않던 밑바닥에서 일어났다.

고 작은 가시 하나가

온 신경을 쏟게 만든다.

나는 질펀하게 바닥에 눌러앉아
큰 몸을 이리저리 굴려가며 자세를 잡고
고 작은 것에만 집중한다.

걸리적거림을 느꼈을 때
뽑아버렸으면 되었을걸.

신체의 가장 밑바닥에서
오장육부를 떠받치던 애꿎은 발바닥과
돌아오지 못할 양말만 고생이다.

문제는 항상 익숙하지만 무심했던
그곳에서 터진다.

62. 디퓨저

디퓨저와 방향제의 가장 큰 차이는
스틱(리드)을 통해 퍼뜨리느냐의 차이다.

방향제는 즉각적으로 강한 향을 내지만
지속 시간이 짧다.

반면 디퓨저는 서서히 공기 중에 퍼져
오랫동안 지속된다.

사람에도 두 부류가 있다.

방향제 스프레이처럼
칙- 하고 표현하는 사람과
디퓨저 스틱처럼
은은하게 표현하는 사람.

나는 방향제 같은 사람으로

은은한 향을 서서히 퍼뜨려
주변 환경과 사람들에게 영향을 미치는
디퓨저 같은 사람을 선망한다.

뭐가 좋다, 나쁘다는 없다.

때에 따라 방향제 같아야 하고,
때에 따라 디퓨저 같아야 한다.

그 사이 균형을 맞출 수 있는 키는
경험이다.

직접 경험은 여행과 나이로,
간접 경험은 독서로 할 수 있다.

63. 제습기

제주도에 살며 제습기는 선택이 아닌 필수.

거거익선.

제습기를 구매할 때 처음으로 들어본 말이다.

대용량 제습기를 사용해야 외출하고 돌아왔을 때
뽀송한 느낌을 받을 수 있다고 해서 나온 말이다.

제습기 물통을 비우지 않고 외출한 어느 날,
집은 나를 기다린다.
시간에 비례하게 고스란한 습함을 간직한 채
나를 기다렸다.

아무리 25L 대용량 제습기를 구비해 놓았어도
그때그때 물통을 비워놓지 않으면 무용지물이다.

인생도 마찬가지다.

마음속에 쌓인 불필요한 걱정과 스트레스를
그때그때 제거하지 않으면
삶은 금세 무겁고 눅눅해진다.

정신의 습기도 방치하면 마음을 짓누르듯
때로는 결단하고 비움으로
다시 가볍고 맑게 할 필요가 있다.

6장. 화장실

64. 화장실

하나는 게스트룸에
하나는 공용 거실에 붙어있다.

게스트가 방에서 편하게 사용할 수 있다는 점이 좋았다.

누군가 나의 어떤 것을 사용할 때,
나는 물건의 닳음보다
사용자의 편의를 더 중요하게 생각한다.

학창 시절 직업 검사에서
서비스업은 늘 상위에 랭크되어 있었고
지금까지 이런 기질은 이어져 왔다.

꼭 좋은 기질만은 아니다.

주도권이 상대에게 있으니
상대의 기분에 내 기분이 좌우되는 경우가 많다.

그래서 오해를 받으면
억울하거나 속상하다.

그러지 말아야지 다짐해도 안 된다.

그나마 자전거 여행이 가져다준 다양한 경험에
날 선 부분들이 다듬어져 이제는 덜하지만
그래도 기질은 버려지지가 않는다.

이런 기분이 들 땐
화장실 청소로 마음을 좀 다스려야지.

65. 세면대

분노의 양치질을 할 때에도,
어푸어푸 물 끼얹은 자신을 노려볼 때에도,
촉촉한 나의 잘생김을 확인하는 것도
모두 화장실 세면대 거울 앞에서다.

매일 세면대 앞에서
우리는 같은 루틴을 반복하지만
그 안에도
삶과 연결된 상징을 발견할 수 있다.

세면대에는
일정량 이상의 물이 담기면 배수구로 흘려버리는
오버 플로우 홀이 있다.

오버 플로우 홀은
안전을 위해 존재한다.

활용을 위해서는
거기까지 물을 채울 필요가 없다.

그때까지 물을 채우는 이유는
물총에 물을 받거나
숨 참기 연습을 할 때뿐이다.

세면대의 오버 플로우 홀은
우리 인생에도 필요하다.

지나간 실수, 후회, 미련은
담아두기보다 흘려보내야 한다.

나를 위해 그때그때 해소해야 한다.

오버 플로우 홀까지
감정이 차기 전에.

66. 수건걸이

수건을 건 적은 없다.

장에서 새 수건을 꺼내
욕실 밖으로 가지고 나가는 경우는 있어도
사용한 수건을 그 이름에 맞게 걸어 놓은 적은 없다.

물기와 습기가 만나
축축함을 빠짐없이 머금을까,
항상 비워놓았다.

손을 닦는 용도로 걸어 사용할 수도 있지만
그러고 싶지 않았다.

수건이 장 밖에 나와 걸려 있는 건
왠지 더럽혀지는 것 같아
박수 세 번 치고 옷에 슥슥 닦아 없애면
모든 게 깔끔하다 생각했다.

나에게 수건걸이는

샤워 후,

성깃하게 짜인 샤워 타월을 걸어 말릴 때에만

아무 거리낌 없이 사용 가능한 툴이다.

반듯하게 맞춰진 수평의 걸이가

옹골차게 벽에 붙어있다.

항상 그 자리를 지지하고 기다리며

언제든 필요한 순간에는

요긴하게 자신의 역할을 내어 준다.

아무것도 없어도 되었을 벽 중간에

뜬금없는 존재감을 뽐내며 그러고 있다.

항상 그렇게 있다.

67. 변기

사찰에서 화장실은 '해우소'라 부른다.

'걱정을 푸는 곳'이라는 뜻으로
화장실조차 수행의 장소라 생각하여
붙여진 이름이다.

이곳은
불필요한 것을 배설하여 몸의 근심을 풀고
고요한 장소에서 생각을 정리하므로
마음의 근심을 덜어내는 곳이다.

그래서일까?

화장실이 마음의 안식처라는
남편들의 웃픈 영상을 보았다.

관련 키워드를 넣어 검색해 보니

그런 남편들을 찾는 것은 어렵지 않았다.

'왜 남편들은 화장실 변기에,
많게는 2시간 가까이 앉아 있을까?'

집 안,
화장실 아닌 다른 차분한 공간은 없을까?

서재, 드레스룸, 베란다...

아, 집안엔 변기 위밖엔 없구나.

68. 화장지

너무 익숙해서

평소에는 크게 눈에 띄지 않지만

공중화장실에서 떨어졌다고 생각해 보라.

그때의 소중함은 천금보다 귀하다.

때때로 우리는

일상 속에 스며든 당연함에 무뎌져

진정한 가치를 놓치곤 한다.

바람에 흔들리는 나뭇잎,

스치는 햇살의 감촉,

누군가의 따뜻한 미소.

너무 흔해 간과하기 쉽지만

실은 그 모든 것들이 모여 우리의 하루를 채우고

아름답게 만든다.

시간이라는 한정된 매일을 풀어쓰며
순간을 어떻게 느끼고 보내느냐에 따라
우리 삶에 다양한 의미를 더할 수 있다.

오늘 우리가 지나칠 법한 평범한 장면에서
한 번쯤,
멈추고,
서서,
그 안의 소중함을 발견해 보자.

오늘,
나의 지금은,
아껴두기만 하기엔 너무나 소중하다.

행복은
그 소중함을 놓치지 않는 것에서부터 시작된다.

아무리 아껴 쓴다 해도
화장지처럼 우리 인생 또한

언젠가 다 풀어 쓰게 되어 있으니
세월을 아끼자.

69. 샤워기

양 발을 서로 문질러 씻을 목적으로
벽붙이 수전의 레버를 올렸다.

샤워기가 뒤통수에 물을 쏘인다.

여기에 3초 룰은 존재하지 않아
시간만큼 오롯이 젖는다.

재밌네.

이럴 땐 간단하다.

벽붙이 수전의 전환 밸브 방향을 바꾸던지.
샤워기를 들어 발 가까이로 가져오면 된다.

문제는
예상과 다르다고 넋 놓고 우수에 젖는 것.

우리 인생이
예상과 달리 흘러갈 때에도
목적만 분명히 하면 된다.

한 번 씨익 웃고 다시 하자.

열린 눈으로 바라보면
생각보다 선택의 폭은 넓다.

70. 욕조

몸을 녹이며 긴장을 풀기 위해
욕조에 물을 받는다.

물이 너무 뜨거우면 한 발을 넣으면서도
버틸까 말까 고민한다.

혈액 순환을 위해
버틸 수 있을 것 같다가도 안 되겠다 싶으면
멜로디 섞인 푸념을 읊조리며
빠르게 물 밖으로 튀어나온다.

몸을 풀기 위해서는
너무 뜨겁지도,
너무 차갑지도 않아야 한다.

적당해야 한다.

인생도 욕조와 같다.

차가운 무기력도 우리를 소진시키지만
지나치게 뜨거운 열정도 우리를 지치게 만든다.

인생에는 적당한 속도와 균형이 중요하며
때로는 멈추고 쉬어가는 시간이 필요하다.

끝내 나에게 마땅한 온도를 찾으면
삶의 진정한 평온을 누릴 수 있다.

그러므로 마땅히 적당해야 한다.

71. 방향제

진품과 가품의 차이는 디테일에 있다.

하수는 못 느끼겠지만
고수의 눈에는 그 사이,
작지만 큰 격차가 선명하게 보인다.

가품의 존재로
진품은 명품의 근거를 얻는다.

비단 물건뿐 아니라 사람에도
명품 같은 사람이 있다.

값비싼 무언가를 걸치지 않아도
존재만으로 자신만의 특별한 향을 발산하는
특제 방향제 같은 사람.

특유의 향은

말과 행동에 묻어있어

안정감을 주기도 하고

때론 긴장감을 주기도 하는 그런 사람.

어릴 적 예민한 나의 눈에

그런 사람들이 많이 보였다.

이제는 쉽게 느끼고 보이지 않는다.

그때의 순수함을 잃어서거나,

경험이 많아서거나,

교만해졌거나,

아니면 그런 사람들이 주변에서 없어졌거나.

나는 명푸머의 향을 감지하는 조향사보다

그랬던 그들과 방향이 같길 바란다.

72. 메디폼

인간관계 조언을 보면
자신의 계획을 철저히 숨기라 한다.

사촌이 땅 사면 배 아플 사람에게는
자기 확언보다 후한을 위해 숨긴다.

아니, 숨길 마음을 먹기도 전에
자연스레 말이 준다.

나를 존중하며 친해졌다 생각하면
가급적 공유하는 편.

그런데 득이 되었는지 떠올리면
아니다.

존중은 숨고
무례만 남는다.

걱정의 탈을 쓴
주관적 판단.

좋아하는 만큼
이해를 위해 설명하는 데에도
에너지는 든다.

에너지를 모아
실행에 쓰기 위해
만남을 줄인다.

계획의 숨김은
계획의 실현을 위해
꼭 그래야만 한다.

7장. 서재

73. 서재

꿈이다.

아직 이루지 못한 꿈.

그렇다고 일생일대의 버킷리스트 같은 꿈은 아니고
있으면 좋겠다고 생각하는 꿈.

언젠가 도서관에서 공부하다
서재를 어떻게 꾸밀지,
그림까지 그려가며 고민한 적이 있다.

그 시절,
미래 그리기를 좋아하는 나는
그러고 싶었다.

몇 가지 타입으로 서재를 디자인했다.

가운데 널찍한 책상을 두고
책장으로 둘러쌀 것인지,
통창 한 편 직각 벽에 책장을 한 줄 놓고
2m쯤 떨어진 책상에 앉아
언제든 고개를 돌리면 창밖이 보이게 할 것인지.

개인적 공간의 서재는 한 번도 없었지만
나에게 서재는 한 번도 없었던 적이 없다.

때로는 도서관이었고,
한때는 단칸방이었으며,
또 어느 때에는 혼자 여행하는 여행지의 모든 순간이
나의 서재였다.

환경 세팅을 위한 물리적 공간도 중요하지만
진정한 서재는 장소의 구애가 아닌
마음의 구애인 것 같다.

74. 창문

경복궁을 방문하던 날,
하루 200명만 출입 가능하다는
경회루 투어를 신청했다.

루에 올라 사면을 바라보는데
모든 기둥 사이 그림이 걸려 있다.

보이는 창은 그곳에 없지만
느껴지는 창이 그곳엔 있었고
창 너머로 쉼 없이 그려지는 풍경화는
계속해서 덧입혀지고 있었다.

정해진 그림은 없다.

어디를 볼 건지,
무엇을 볼 건지,
모두가 나의 선택이다.

나는 어디를 보고 싶은가?

나는 무엇을 보려 하는가?

은연중에 가지고 있는 편견과 선입견이
새롭게 맞이할 경험들을
가로막고 있는 것은 아닌가?

한 장면을 바라보는 나의 시선이
내 마음속에 자리 잡은 틀에 의해
결정되고 있는 것은 아닌가?

중요한 것은 무엇을 보느냐도 아니라
어떻게 보느냐다.

75. 방충망

거미 한 마리가 창에 붙었다.

가까이하고 싶어 창을 열었지만
방충망 때문에 만날 수 없다.

들어오고 싶은 모양인데
그건 어림없지.

방충망에 손가락을 대며 반응을 살피다
그대로 자리에 가 앉는다.

방충망은 신선한 공기를 받아들이면서도
원치 않는 외부 요소는 차단한다.

방충망이 없다면
원하는 것과 원치 않는 것이
구분 없이 들어올 것이다.

인생에서도 방충망처럼
주변의 정보, 사람, 상황을
선택적으로 받아들여야 한다.

긍정적인 경험과 기회를 환영하면서도
해로운 것들로부터 자신을 보호하는 능력이
삶의 질을 결정한다.

어떤 변화를 받아들이고
무엇을 차단할지 결정하는 건
온전히 나의 몫.

결국 내 인생의 방충망은
내가 스스로 만들어야 한다.

76. 벽

몇 년 전 처음 제주에 내려왔을 때
단칸방에 살았던 적이 있다.

단칸방이라고 하니
관리가 부족한 낡은 집 같아 보이지만
원룸이었다는 소리다.

크기는 일반 원룸의 배보다도 커
생활에 있어 꽤나 만족했다.

하지만 미니멀리즘을 실천하는 나에게
때로는 집이 너무 휑하게 느껴져
옷을 걸기 위한 필요 목적으로
조립식 파이프 행거를 구입해 집의 반을 나눴다.

하나의 벽이 만들어진 셈이다.

인생에서 벽은 종종 난관에 비유된다.

하지만 그 벽을
성장과 발전을 위한 요소로 받아들이면
이는 막막한 두려움이 아닌
새로운 전환점이 될 수 있다.

방향을 바꾸거나
더 나은 해결책을 찾도록 도와주는 기회로서
새로운 접근 방식을 고민할 수 있게 해준다.

마치 휑하던 집이
행거로 인해 적당한 집의 구조를 가지며
본 기능 이상의 완벽한 오브제가 되었듯
벽을 만난 순간이
우리 인생에서 필수불가결한 기회의 창이 되어 줄 것
이다.

∴ 벽을 만난 것에 너무 속상하지 말자.

77. 벽지

신이 인간에게 주신 선물에는
사랑, 생명, 자유의지와 같은 무형의 것들도 있지만
유형의 것들도 몇 있다.

나에게 떠오르는 대표적인 것은 자연.

그리고 뜬금없지만 철근과 콘크리트의 조합이다.

이 둘은 열에 의해 팽창하고
수축하는 정도가 비슷해 찰떡궁합이다.

게다가 철근은 인장력에 강하고
콘크리트는 압축력에 강해
전혀 다른 두 재료는 서로를 보완하고 보호한다.

굳기 전까지 모양의 변화도 쉬운 데다
굳고 나면 변하기 어려워

유연함 속에 강함이 있는 것도 매력이다.

이렇게 완벽한 콜라보레이션은
한때 붐을 일으킨 노출 콘크리트의 대가
안도 다다오(Ando Tadao)의 출현을 이끌기도 했다.

그럼에도,
완벽함에도,
사람이 살고 있는 집 안에 노출되어 있으면
건강에 좋지 않다.

색깔도 칙칙하니 보기도 싫다.

원하는 컬러와 패턴의 벽지로
커스터마이징 하는 게
집안에서 소소하게 나를 드러내며 즐길 수 있는
벽지 인테리어의 장점이 아닐까?

78. 책상

책상(冊床)

: 앉아서 책을 읽거나 글을 쓰거나

사무를 보거나 할 때에 앞에 놓고 쓰는 상.

테이블, 식탁, 협탁에 이어

이번에는 책상이다.

다리 네 개가 지탱하는 하나의 판자가

어디에 놓여

무엇을 받치느냐에 따라

그것들은 같은 듯 다르다.

서열의 왕인 테이블이 되어

눈, 코, 귀걸이가 될 수도 있지만

굳이 식탁과 책상과 협탁을 나눈다.

모든 건 용도가 명확할 때 혼란이 없다.

식사를 하는 식탁을
책상으로 사용하지 않겠다는 공간적 분리는
마치 침대에서는 책을 읽지 않겠다는 것과 같다.

일어났으면 일어나는 것.

먹었으면 치우는 것.

공부할 때는 책상 앞으로.

인생의 목적도
분명할수록 흔들리지 않는다.

79. 멀티탭

가스비 대신 전기세를 선택한 건
현명한 선택이었다.

겨울이 오면 거실 중앙,
다섯 방향으로 열이 나와 이름에 '오방'이 들어간
전기난로를 놓는다.

오 방향을 다 켤 필요는 없다.

위로 향하는 일 방향이면 충분하다.

머지않아 따뜻한 공기가 전체를 덥히면
이달의 전기세는 눈에 띄게 오른다.

가스비로 대신하면 튀어나왔을 눈이었는데
감사하라며 티 나게 티를 낸다.

난로의 전원이 벽 끝에 닿지 않아
멀티탭을 연결하여 전기를 끌어오며
모든 과정은 시작된다.

불시에 벌겋게 따스함이 전해지지만
그 온기를 전달하기 위해 멀티탭은 필수다.

길게 뻗은 멀티탭이 전원을 공급하듯,
때로는,
필요한 누군가에게
우리의 열정과 따뜻함이 닿기 위해
선 넘은 여유가 기대된다.

삶은,
주변 사람들과의 연결을 강화할 때
더욱 따스하고 의미 있는 방향으로 흘러간다.

80. 충전기

깜빡했다.

다른 건 다 챙겼는데
충전기를 놓고 왔다.

노트북 충전기 하나로
태블릿도, 휴대폰도 번갈아 충전하는데
아뿔싸, 깜빡했다.

휴대폰 충전기가 있었다고 해도
상대적으로 낮은 전력 탓에 노트북 충전은 안 된다.

노트북의 소모 전력을 못 따라가
모양은 동일하지만 전력이 달려 안된다.

노트북 충전기의 하위 호환은 가능하지만,
휴대폰 충전기의 상위 호환은 불가능하다.

큰 그릇이 작은 그릇을 품을 순 있지만
작은 그릇이 큰 그릇을 품을 순 없다.

문득 그런 생각이 든다.

나는 작은 그릇을 품을 수 있는 큰 사람인가?

아니면 내 그릇밖에 보지 못하는 작은 사람인가?

81. 스탠드

조용히 불을 밝히기 위함이라기보다
집중력을 올리기 위함인 것 같다.

그런 점에서 호롱불로 책을 보던 그 시절은
몰입하기엔 더 좋은 환경이 아니었을까?

오랜만에 스탠드를 켠다.

벌여놓은 일들이 많아
집중하기 위해 스탠드를 켠다.

'빡'하고 여유 없이 불이 들어온다.

손가락이 전원 위를 스치듯 지나면
다시 '깜'하다.

인생도 스탠드의 전원 같다면

큐 사인 하나로 장면 장면을 바꿔 볼 텐데
어두운 밤, 불 밝힌 호롱 마냥
딱 한 치 앞만 보인다.

아니 그보다 더해
내 옆을 따라붙는 반딧불로
마라톤 풀코스를 걷는 것 같다.

천천히 꾸준히 가다 보면 결과가 보이겠지?

한 해의 끝자락이 궁금하다.

82. 펜

언어에 관심 많던 한때
수어 교실에 다녔다.

선생님께서는 청각장애인의 경우
상대방이 이해하지 못하는 데에서 오는 답답함으로
액션이 크고 상대에 대한 터치가 많다셨는데
나는 그 마음이 이해가 갔다.

어릴 적 나는
말이 늦었다.

혀가 짧아 발음도 좋지 않았고
이로 인해 수술대에 올랐던 무서운 기억은
아직도 생생하다.

그때의 나도
상대가 내 말을 이해하지 못하는 것에 대해

순하지만 고집 있게 목소리를 높였고
이로 인한 폭력성도 강했다.

이런 나의 폭력성을 줄여준 건 독서였다.

독서를 통해 타인의 삶을 마주하고,
그 세계에 온전히 스며들다 보면
뻣뻣했던 고집도 어느새 누그러진다.

독서를 하면 어휘력이 늘고 조리 있게 말할 수 있어
폭력 없이 상대를 이해시킬 수도 있고
나아가 상대의 마음까지도 얻을 수 있다.

이 분야에서 독서보다 상위에 있는 통찰의 결정체는
그것을 내 것으로 소화해 글로 표현하는 행위이다.

"펜은 칼보다 강하다."

83. 필통

어려서부터 필통을 좋아했다.

컬렉터는 아니었지만
필요할 때에도
빠르게 골라 사지 않았다.

크기, 색상, 디자인까지
모두 만족스러운 것을
고심 끝에 구매했다.

그 안에는 꼭 필요한 것들을
알맞은 여유를 두고 온전히 채워 넣었다.

필통 속 도구가 만들어낸 조화는
필요에 따라 쓰이고 남겨진다.

연필은 짧아지고

지우개는 닳아진다.

늘 가지고 다니는
나만의 필요를 담은 퍼스널 스페이스.

희생한 만큼 자취는 남고
딱 그만큼의 흔적은 또 사라진다.

같은 필통이라도
모두의 필통이 다르다.

이곳에는
각자의 세월과 경험이 깃들어 있다.

84. 연필꽂이

맞은편 친구가 테이블 위
연필꽂이 속 펜을 집어 든다.

어느 집에 방문하든 펜을 기념으로 가진다며
독특한 취미를 소개한다.

쓸모없는 펜을 모아놓은 게 아닌데
자기 마음에 드는 걸로 낚아채듯 가져간다.

널브러져 있을 때의 무질서는
꽂이 안, 나름의 질서로 유지됐건만
누군가에게는 그냥 한 무더기.

음... 뭐.. 오케이.

옆면에서 발견한 내 이름에
친구는 스스로 다시 꽂아 넣는다.

무질서 속,

필요 짙은 펜들만 모아 놓았다.

옅거나 필요 없는 건 이미 버리고 주었다.

나의 경험도 마찬가지다.

지나온 시간만큼 알차게 쌓이고 뭉쳐
조화롭고 온전한 나의 것이 되었다.

85. 책장

제주의 오래된 집들은 안방 문 뒤쪽에 공간을 두었다.

공간의 너비는 어른 손으로 서너 뼘 정도.

장롱을 들여놓기 위한 목적이다.

지금으로 말하자면 붙박이장을 넣기 위한 공간인 셈
이다.

그곳에 딱 맞게 책장을 짜고
책을 꽂아 넣는다.

내가 가지고 있는 모든 책을
카테고리에 맞게 하나하나 꽂아 넣었는데
아직도 빈 공간이 많이 남았다.

집에는 딱 맞는 책장이지만

내가 가진 것에 비해서는 너무 큰 책장이다.

브라질 속담이 생각난다.

'눈이 배보다 크다.'

지금 내가 꾸는 꿈도 그런 걸까?

86. 책

도시락을 싸서 도서관으로 향하던 여느 날이었다.

익숙한 계단 면에 새로운 글귀들이 붙었는데
소크라테스의 명언이 눈길을 끈다.

"남의 책을 많이 읽어라.
남이 고생하여 얻은 지식을
아주 쉽게 내 것으로 만들 수 있고,
그것으로 자기 발전을 이룰 수 있다."

독서는 남이 고생해서 얻은 지식과 지혜, 경험을
단숨에 취할 수 있는 인생 공략 치트키다.

그게 통찰력 있는 고전이라면 더더욱 그렇다.

만 30세의 나이에
시카고 대학교 총장이 된 로버트 허친스도

일찍이 철학과 인문학이 사람과 인생,

세상을 변화시킨다는 것을 알고

'시카고 플랜'이라 부르는

'인문 고전 100권 읽기' 프로젝트를 대학에 도입했다.

나도 책의 힘을, 고전의 힘을 믿는다.

고전은 단지 과거의 이야기가 아니다.

시대를 초월한 통찰이

오늘의 나를 빚고

내일의 길을 밝힌다.

87. 스톱워치

하루 책 읽는 시간을
2시간 이상으로 정확히 구분 짓고 싶어 구입했다.

책을 읽기 시작할 때 누르고
잠깐이라도 다른 일을 하면 다시 눌러 멈췄다.

귀찮음은 없었다.

오히려 그 정확함이 좋았다.

이후 스톱워치의 존재가 무색하게 독서량이 늘며
더 이상 사용하지 않게 되었지만
지금도 책상 한편
현재의 시간으로 나를 바라본다.

자연의 시간을
사람의 단위로 정해

모두가 약속하니
규칙이 되었다.

모든 건 규칙에 의해 정해진다.

그리고 얼마나 큰 파이가
그것을 규정했느냐에 따라
영향력은 달라진다.

국제기구의 조약에서부터
국가의 법이,
스포츠의 경기 방식이,
학교와 교실에서의 규칙도 이와 같다.

그중 가장 큰 영향력은
개인의 가치관과 신념에서 나온다.

88. 달력

농협에서 받은 큰 글씨 달력을
한 장 한 장 넘기다 오늘
마지막 장을 남겼다.

언제 오나 싶던 그날을
언제 왔나 싶게 만났다.

공식적 백수가 된
3월의 첫째 날을 시작으로
호기롭게 시작한 사업자만 4개,
발만 담갔다 뺀 것도 딱 그만큼이다.

사업자 앞에
'성과 없는'을 붙이려다 냉큼 지운다.

취미처럼 늘려간 사업자가
다시없을 경험이었다는 것이

한 해의 마지막 달 첫날인 오늘에서야
비로소 피부에 와닿는다.

'조바심'의 골짜기를 지나
《하지만 포기한 건 아님》의 꼬리표를 단
'나태'와 '게으름',
그리고 다시 회복과 의지.

이 끝에서 느낀 건
개인에 초점을 맞춘 프로이트의 교육학은
끝이 아닌 시작이라는 것,
단련이 끝난 후에는 하산해야 한다는 것이다.

내면을 속속들이 들여다보았다면
이제는 사회적 상호작용에 초점을 맞춘
비고츠키의 교육학으로
진정 끝이 없는 세상 속의 나를 만나야 한다.

삶은 결국,
내가 배우고 깨달은 것을 세상에 흩뿌리며

다시 새로운 배움으로 돌아오는 순환의 여정이다.

나는 다시
새로운 달력 펼칠 준비를 한다.

89. 파티션

이렇게 저렇게
책상의 방향을 바꾸어 보았다.

도통 마음에 들지 않아
인터넷으로 이동식 파티션을 하나 구입했다.

적당히 단절시켜 놓으니 보기 좋다.

마음이 편하다.

집의 구조로서의 방은
한번 나눠 놓으면 바꿀 수 없다.

하지만 이동식 파티션은
그날의 기분에 따라, 분위기에 따라
언제든 변화를 줄 수 있다.

마음도 마찬가지다.

마음의 방을 뚜렷하게 구분 짓는 건
리스크가 크다.

하지만 이동식 파티션처럼 나눠 놓으면
언제든 열고 닫을 수 있다.

일단 시작은 오픈마인드.

90. 사진

어느 강연장에서였다.

입구에서 신분을 확인하며 말하길,
사진 하나를 보내주면
액자로 출력해 준다고 한다.

어떤 사진이 좋을까
앨범의 시간을 거슬렀다.

한참을 넘기다 지난 4월,
유채꽃과 벚꽃 만발한 그때의 사진을 보내주었다.

중간 휴식 시간,
다 됐다는 말에 출입구로 향했다.

다른 사진과는 구별되는 화려한 색감에
멀리서부터 내 것임을 알아차렸다.

가까이 가자 비로소 옆에 있는 다른 사진들이
눈에 띄기 시작했다.

독사진, 가족사진, 풍경 사진 등
사진들은 각자의 이야기를 품고 있었다.

꼭 모든 순간이 화려할 필요는 없다.

가까이 들여다보면
그 안에 담긴 이야기는
각각의 빛으로 아름답다.

8장. 테라스

91. 테라스

제주 전통 집,
번화가에 위치한 집,
근처에서만 약 스무 곳 정도를 구경하다
이 집을 만났다.

결정적인 이유는 딱 하나,
귤밭으로 난 테라스 때문이다.

볕 좋은 날,
팬티 바람으로 테라스에 나가
요가 매트 위에 태닝 오일을 바르고 누워
헨리 데이비드 소로의 말을 그대로 따른다.

"단순하게 살라. 단순하게, 단순하게, 단순하게."

오늘 할 일은 이따가 할 거다.

나는 온몸으로 비타민D를 흡수한다.

이러려고 제주에 왔지.

이러려고 제주에 살지.

이게 행복이지.

92. 매트

필라테스를 등록했다.

기구 필라테스가 아니어서
자력으로 모든 걸 해내야 한다는 점이 매력이었다.

개인 매트는 필수.

인터넷으로 좋은 걸 구매하려다
아직은 아니다 싶어
다이소에서 5,000원짜리 매트 두 개를 샀다.

하나는 집에
하나는 차에 실었다.

집에 있는 매트는
테라스에서 명상을 하거나
스트레칭 또는 태닝을 할 때 사용하고,

차 안 매트는 수업에 갈 때 사용한다.

5,000원짜리 매트의 구매가
돈으로 살 수 없는 여유와 꾸준함,
인내심을 가져다주었다.

바닥에서 띄운 고작 1cm의 높이가
나의 생각과 환경, 시야를 새롭게 했다.

더 두껍지 않아도 된다.

딱 1cm만 우쭐하자.

93. 화분

방울토마토 화분을 선물 받았다.

감귤 나무 보이는 널찍한 테라스 한편
화분 선반 위에 올린다.

물은 일주일에 2~3회
흥건히 주면 된다고 한다.

잘 키우고 싶어
달력에 동그라미까지 쳐가며 물을 주었다.

바쁘다 뭐다 핑계가 생기고 미루고 놓치다
이제는 '어제 비 왔잖아'로 퉁치며 나가보지도 않는다.

언제 물을 주었는지조차 기억이 나질 않는다.

'며칠간 내린 뙤약볕에 말라 죽어 버렸겠지?'

정성이 있으면 애정도 가련만
나에겐 아직
화분에게까지 쏟을 정성은 없나 보다.

지금 나의 정성은 어디에 있는가?
나는 지금 무엇을 애정하고 있는가?

94. 돌담

2022년, 산림청에 등록된 민간 자격증 중
그 이름도 귀여운 '돌챙이'가 있다.

돌챙이는 제주어로
'돌을 다루는 직업을 가진 사람'을 뜻하는데
이는 화산섬 제주의 환경적 특성으로 인해
자연스레 생겨난 직업이라 할 수 있다.

그 옛날,
돌챙이라는 명칭은 없었지만
벌판 속 그들은 상상했을 것이다.

집을 기준으로
어디에 쌓을지,
얼마나 쌓을지를.

그렇게 방향을 잡고 길을 만들어

지금의 올레(마을로 나가는 좁은 골목)가 되었다.

돌 아귀를 맞춰 올리다 보면
너와 나 사이, 적당한 높이가 된다.

적당한 프라이버시가 있고
또 조금만 노력하면 적당히 마주칠 수 있는.

그 위치와 높이를 정하는 건
관계로 이루어지지만
틈새를 정하는 일은 오롯이 돌챙이의 몫이다.

우리 삶 속 관계의 돌담도
합의하에 쌓아진다.

하지만 그 사이 틈은
오늘의 돌챙이,
온전한 나의 몫이다.

9장. 다용도실

95. 다용도실

가장 조용하지만 가장 유연한 공간.

세탁기와 건조기, 선반 위에 얹힌 도구들이
잠시 머물다 나가는 물건들과 어우러진 이곳은
그 자체로 쓰임의 다양성을 말해준다.

인생도 그렇더라.

하나의 이름으로 불리지만 그 속에는
수많은 역할이 공존한다.

교사이자 친구이며
누군가의 자식이고 누군가의 위로다.

매일을 정리하고
다시 꺼내고
새로 놓으며 살아가는 일상의 모습은

다용도실처럼 겹치고 확장된다.

그런 점에서 '다용도'는 '애매함'이 아닌 '포용'이다.

그 어떠함도 수용할 수 있는 여백.

혹자는 이도 저도 아님을 꼬집지만,
혹자는 이도 저도 맞음을 되짚는다.

애매한 척, 모든 역할의 중심을 꿰차고 있다.

96. 세탁기

'한 번 더 입을까?'

하루 내 입었지만
코를 가까이 대어도 냄새가 없어 고민한다.

일은 세탁기가 할 텐데
손빨래라도 할 것인 양 고심한다.

세탁기에 옷을 넣고 원단의 종류에 맞춰
다이얼을 돌린 후 동작 버튼을 누른다.

어떤 옷이든 맞게만 설정하면
처음처럼 깨끗해진다.

인생에도 세탁기와 같은 마음이 필요하다.

다이얼을 돌리고 버튼을 눌러

오늘에 묻어있는 얼룩진 감정들을 씻어내고
안정된 마음으로 돌아오는 것.

어떠한 감정이 묻어있든
깨끗하게 세탁해 꼭 돌아오는 것.

과거를 곱씹으며 집착하기보다
현재와 미래에 마주할 새로움에
마치 그런 일이 없었던 양
호기롭게 뻔뻔해지는 것.

그렇게 다시 깨끗한 마음으로 일어나
박차고 나아가는 것.

97. 건조대

다 된 빨래를 깜빡 잊고 세탁기에서 꺼내지 않으면
빨랫감은 물기 남은 밀폐된 통 안에서
습기의 냄새를 머금는다.

깨끗하고 상쾌하게 입으려고 세탁기에 밀어 넣은 건데
같은 장소에서 전혀 반대의 결과를 만들어냈다.

다시 돌려야지 뭐.

다 된 빨래를 건조대로 옮겨 하나하나 탈탈 털어
바지와 같이 긴 옷은 건조대 양 끝에서부터,
속옷은 아랫단,
양말은 칸과 칸 사이 수직의 연결부에 건다.

그리고 기다린다.

다 마르는 데까지는 너도, 나도, 시간이 필요하다.

기다림의 시간을 짧게 어림잡으면 아직 덜 말랐고
길면 그냥 게으른 거다.

그래서 나는
볕 좋은 날,
집만큼 넓은 테라스에서
일광으로 건조하는 게 좋다.

인생도 마찬가지다.

주욱 나열된 인생의 시간 속에
너무 서두르지도,
너무 느긋하지도 않게
산뜻할 타이밍을 낚아채야 한다.

98. 선반

적잖게 예민한지라 정리를 할 때에는
보기 좋고 깔끔하게 하는 것을 좋아한다.

그게 어느 정도냐면
찝찝함에 못 이겨 누운 자리에서 일어나
다시 원하는 위치로 돌려놓고 돌아올 정도다.

잘 정리된 선반은
공간의 활용도를 높이고
필요한 것을 쉽게 찾을 수 있게 해준다.

우리 인생도
잘 정리된 선반과 같아야 한다.

삶에서 중요한 것과 덜 중요한 것을 구분하여
우선순위를 정해 정돈해 놓아야 한다.

다양한 경험과 기억,

그리고 마땅한 책임을 정리하고 배치하는 과정은

삶의 균형과 조화를 이루는 데 분명한 도움을 준다.

나아가 계획대로 이루어졌을 때의 성취는

그 너머에서

굳건한 자신감까지 심어준다.

선반 위의 물건이 예상 가능한 위치에 있으므로

불확실함에 대한 우려를 줄이듯

우리 인생에도 거리낌 없는 안정감이 있어야 한다.

방송인 홍진경이 말한 행복의 정의가 떠오른다.

"잠자리에 들었을 때 마음에 걸리는 것이 없는 것."

10장. 그 밖의

99. 차(car)

제주행을 마음먹고 3일 만에 내려왔다.

처음 내려올 때에는 차도 없어
미니멀라이프의 소박함도 무거운 짐이었고
다방면으로 알아보았으나
마땅한 집조차 구하지 못했다.

인사차 들린 직장의 상사는
인터넷에도 나오지 않은 집을
전화 한 통에 구해주며
괸당과 제주에 대한 나의 호기심을 실감케 했다.

그렇게 꽃길 같아 보이던 제주에서의 생활은
단 3개월 만에 제주가 왜 유배지였는지를
뼈저리게 느끼게 해주었다.

역사 속 제주가 유배지로 등장한 시기는

조선시대부터다.

시대 전체 유배인 700여 명 중
제주 유배인은 200명이 넘었으며
기록되지 않은 것까지 포함하면
더 많은 사람들이 제주에 유배되었으리라 추정한다.

200여 명이라는 어마어마한 숫자 속 외로움이
고립된 그때에는 더욱 사무친 결과
제주도 북쪽 끝,
육지를 연모하는 마음에 연북정을 지어 올렸다.

나의 2년 뒤,
여행 중 코로나로 귀국하여
한 달살이 차 온 제주에서
다시 한번 3일 만에
이번에는 1년 살 집을 계약한다.

그때와 다른 점은
혼자서도 괜찮아진 내적 변화였고

차를 가지고 내려왔다는 물리적 변화였다.

결국 삶의 질이란,
편의성의 날개를 달고
고립을 벗어나는 자유일까?

100. 새집증후군

처음은 늘 반짝였다.

새집, 새 가구, 새 직장, 새로운 관계.

우리는 항상 새로움에 설레지만
그 안에는 보이지 않는 불편함이 스멀히 움튼다.

새집증후군은
벽과 바닥, 가구 속에서 퍼져 나오는 화학물질의 냄새를
기대감 섞인 향기로 착각하게 만든다.

하지만 시간이 지나면
머리가 아프고, 숨이 막히고, 피로가 찾아온다.

인생에도 새집증후군이 있다.

새로운 시작에 앞서

환경의 변화나 책임감에 대한 압박을 느끼면
정신적 새집증후군에 빠지게 된다.

겉으론 새롭고 빛나지만
속으론 아직 적응되지 않은 감정과 생각들이 잔향처
럼 남아
우리를 무겁게 짓누른다.

이때 우리는
일상의 빠른 변화 속에 잠시 멈춰 숨을 고르고
자신을 돌아볼 수 있게
정신적 공간을 만드는 여유가 필요하다.

물리적 새집증후군을 해결하기 위해
충분한 환기와 공기 정화가 필요하듯
정신적 새집증후군을 극복하기 위해서도
삶의 '환기'는 분명 필요하다.

가장 넓은 방

스스로 가장 먼저 문을 열고 싶었던 곳은 현관문도, 빛이 가득한 거실도 아니었다. 물리적인 크기에 갇히지 않고 오직 생각과 마음의 무게만으로 지어진 가장 넓은 방, 바로 내면의 공간이다.

매일 스쳐 가는 작은 물건들을 통해 감정의 결을 들여다본다. 인테리어 속 사소한 도구들이 침묵하며 담아낸 것은 우리가 소모한 시간과 축적된 습관이다. 이 모든 자취와 여백이 모여 '나'라는 단 하나의 건축물을 이루어 간다.

스스로에게 주었던 가장 큰 숙제는 '열 개의 문장'이라는 건축적 제약이었다. 이는 불필요한 군더더기를 덜어내고, 삶의 흔적과 사유를 짧고 명료한 언어로만 붙잡아 보려는 치열한 과정이었다. 그 모든 덜어냄과 깎아냄이 바로 인테리어와 글쓰기의 공통된 본질이라는 것을 모든 문장의 마침표를 찍으며 깨닫는다.

　가장 좁은 방은 수많은 욕심과 걱정이 가득 찬 방이며, 가장 넓은 방은 불필요한 것을 모두 비워낸, 잘 정돈된 나의 삶 그 자체인 것이다.

　이 책이 당신의 삶이라는 집을 짓는 데 가장 넓고 평온한 방 하나를 선물했기를 바란다.

어떤 문장은 집이 된다

초판1쇄 인쇄 2025년 01월 19일
초판1쇄 발행 2025년 01월 19일

지은이 | 필

디자인 | 포레스트 웨일
펴낸이 | 포레스트 웨일
펴낸곳 | 포레스트 웨일
출판등록 | 제2021 – 000014 호
주소 | 충청남도 아산시 탕정면 용머리길 40 유니콘101 216호
전자우편 | forestmew@naver.com

종이책　979-11-94741-84-8

작가님들과 함께 성장하는 출판사
포레스트 웨일입니다.
작가님들의 소중한 원고를 받고 있습니다.
forestwhalepublish@naver.com